この詩集のこと

富沢　智

真下章氏の最後の詩集「ゑひもせす」は、清書したA4原稿用紙をコンビニでコピーし、市販の台紙に黒い綴じ紐で綴じたものだ。とてもとても、H氏賞受賞詩人の詩集として、ふさわしい造りではないと思ったのは私だけではあるまい。その真意がどうであったかは、故人となった今では確かめようがない。

しかし、私にはある苦い思いがあった。このコピー詩集発行から一年ほど遡るある日、真下氏本人から詩集刊行の相談を受けたのだった。一も二もなく承諾して、さて、どのように進めようかと原稿の入った封筒を押し戴いたのだった。ところが、あれこれ考える愉しい時間はあまりに短かった。片道40分という距離は車でも決意を要する距離だ。まだ、原稿の中身も分量も吟味する間もない一週間も経たない頃、真下氏は再び車を運転してやってきた。事情が変わって仕切り直しだ、という風に言ったと思う。とにかく、原稿を返して欲しい、ということだった。別段、険悪な雰囲気ではなく、いつになく、養豚を始めた頃のこと、家庭の事情も顧みずアメリカに研修旅行に出かけたことなど、珍しく自慢げにお喋りしていったものだ。しかし、真下章詩集が榛名まほろば出版から出ることはなくなったのだ。それだけが、釈然としない事実として残った。

いきさつは、以上で十分ではないか。澎湃として詩集刊行の声が起こる中、私は手を挙げねばと思った。ご遺族、真下匠氏の同意を得て勇躍、出版の運びとなった。もちろん、企画出版である。藤井浩氏の詳細な年譜を付け、浅見恵子さんの斬新なブックデザインを施した。最後に蛇足ながらの一文を差し込ませていただき、墓前に供したい。合掌。

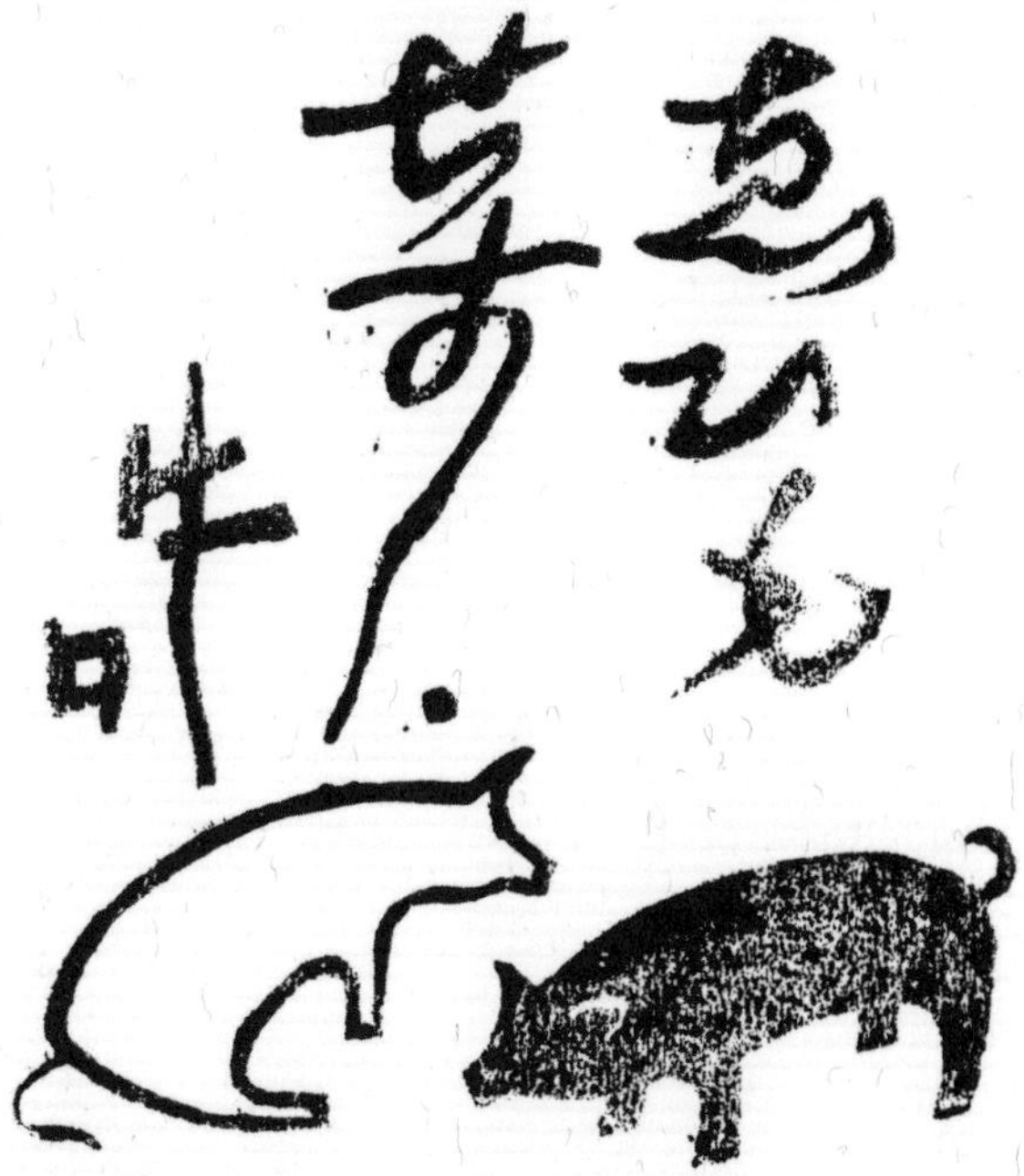

目次

ある料理……1
生誕……4
風景……8
新たに……12
霧……15
そうだよな……19
桜……24
ゑひもせす……28
睾丸炎……32

改良品種について……36
模擬大会……40
朝から雪……44
改築……48
冬の夢……52

※

赤い川のこと……56
密殺のこと……58
酒・あるいは焼酎……60

猫の場合……62
出荷について……64
声について……66
殺し屋の訳……68
クロップスパテーよ……71
現場について……73
でなければ……76
泥の舟……78

※

炎天……80
富士……84
タラッペのこと……89
青い鳥について……93
風に……97
月夜野……101
案山子のこと……105
土地改良のこと……109
子持山……113
羅漢……117
冷夏……121

羽の花びら……125
お袋のこと……129
ヒナ菊のこと……133
藁もちのこと……137
神さまのこと……142
秋海棠……146
泥　棒について……150
景語拾摭……154

※

稲の花……159
夕闇……161
バイパス……164
紙の花吹雪……166
たらちねの……169
吊り橋……171
人間さまのこと……173

※

真下章　年譜　藤井　浩……176

ある料理

いつものように
長いこと負いつづけてきた
罪のようなものを
そこに並べる

葱や
しいたけなどもまじえて
俺たちのそれらと

同じかたちの胃袋や腸とか
切りきざまれた
血の滴るような舌なども
丹念に

誰もがみな
なぜか言訳のように
タンとかレバーとか片仮名で呼び
大蒜や胡椒で
癖をとるとは云うのだが

おのれのそれを嗅ぐような
まだ生の
活きた匂いがたまらないのか

いっ刻が
読経のように終わると
さらにミリンや
果物を摺りこんだタレをつけ
やっと安心したように口へ運ぶのだ

生誕

ふり向くと
いくつもの俺と出会った
俺たちはみな同じ鼻をよせ合い
お前は誰だ
と己れを問い返していた
それぞれがみな象こそ小さいが
ひと並のものを備えていながらも
パンツ一つ着けていないので

すべてが丸見えだった
そのことがまた
不思議と俺たちのことを安心させた

二度目のまばたきをしたとき
長い胎の夜は終っていた
短い尾っぽが
始めての今日の予感におののいて
はじめて俺は尻を汚し
はじめて生の

毛深い意味が伸びるのを知った
そしてまた俺は
はじめて己れの声におどろき
運命のように絡んだ臍の緒をひきずり
不器用に立ち上がると
不思議な空腹の重さによろめいたのだ

明けきらぬ世界は
ようやく形になり始めた暗さの中で
見えない風が

動画のスクリーンを揺らし
そこで俺は待ちきれない諷に
長いながい小便をした

風景

豚にも赭いのがいて
白いのもいるし黒いのもいて
その斑のもいれば
胸に白いたすきがけのもいる
邪魔なほど大きく耳の垂れた奴もいて
立ち耳の鼻の長いのがしきりに
作業ズボンを嗅ぎにくるかと思うと
ゴム長靴に囓りつくのもいて

これなどは足が短い方
もっと脚のながいのもいて
それぞれの原産地の違いにもよるが
色別によっておこる闘争などもなくて
見ごとに豚の風景として
調和している
まれに
激しい喧嘩をしたとしても
たいてい勝負はひと声で決まる
あとはまた土を掘ったり寝転んだりして

尻尾を振っている
いい気分で自分の乳房を
他者の仔に吸わせているのかと思うと
出もしないのにまたそれを銜えて
玩具にしているのも居るのだ

そんな日常の背景には
毀れた水道の蛇口などもよく似合う
そうしてこの俺が一頭の豚と重なるとき
小賢しい人間の智恵など

有っても無いのに等しいし
無くても在るように見えてくる
たかが
豚の世界と云ったらそれまでだが
つまるところ
秩序とは風景に嵌ることかも

新たに

白くふやけた豚のかたちに
雨は降っていた
開けられた口からは
流れこんだ砂が咽喉までつまり
鼻の穴から
這い出してきた蟻が一匹
考えながらまた入って行った
その上には

空のない眼が置いてあるだけであった

おのれの姿を
このように晒すことが
いかにも残念でならないと云うように
腹だけが
怒りを孕んでふくれ上がっていたが
すでに己れの心を追うことさえ
できなくなったこの足も
明日になれば無くなっているに違いない

雨が上がると
何処からやってくるのか
おびただしい金蠅がむらがり
そこにはもう
すでに新たな世界がはじまっていた

霧

今朝はまだ
濃い霧が東の松林を画いたり
消したりしている
いつものように腹を並べて
寝ているこの小舎の奴らの夢は
まだ連帯したまま
とき時給餌器の蓋をならすのがいて
咀嚼する時間が流れる他は

もの音ひとつしない

プラタナスの下を廻ってくると
一つの影がゆっくりと立ち上がるのに
思わず足が止まった
何でここに奴ひとりだけと思い
怪しさに眼を凝らすと
電牧柵に近づいては嗅いでいるのだ
奇妙に鼻先を動かし
首をかしげたままでまた離れたり

それは正しく
電圧の流れを測っているのに相違ない

奴らにそれが解るのだろうか
そのくり返しのなかで
おのれの跳力でも試すかのように
前脚を片方上げては
また下ろし
もう長いこと流れる霧のなかで
牧柵と対峙している

〈狙っているのだ〉

あ奴め
再び襲いくる濃霧に身を隠し
見ごと逃亡を果たせるか

そうだよな

豚と一緒に暮らす
なんて云うことはそれほど面白くも
掻くなるような事でもない
だから生きものの合わない人には
到底むりなことだと思う

来る日も翌くる日も
奴の尻などながめながら

今日の糞は固いか軟らかいか色具合は
餌の食い残しはないか
鼻の頭の乾いているのは居ないか
呼吸の速いのは
再発情や分娩予定は何頭になる
などと明けても暮れても同じこと
今日と明日は土・日だから
餌は喰うなよ
糞もするなと云う理由にはならない
そんなこと繰り返しながら

きづいてみたらば
三十年だ

そうして人も豚も生まれ替り
死に代りして
縄文だとか弥生のむかしから生き継いで
今日まで来たのではなかったのか
それにしても
閑かに初霜などが溶ける朝
目覚めた仔豚の小さな耳がよ

屋根うらから通る陽のひかりに透けて
得も云えぬ美しい血の色を
ひろげて見せる刻
あれはいい実にいい

正に億年を生き続けてきたこの星の
いのちの色が映るからに違いない
去年倒れた平吉だって
口にこそ出さなかったが
あのかがやきだけは

きっと観ていたのに違いない

桜

ふと
あの鼻むすびという足半の
草履を穿かなくなって久しいなと思う
なんか今日は躯までどんよりして
餌くれしながらも
長ぐつが重たいせいか
忘れごとでもしているようでな
すっきりしない

思い出せそうで思い出せないのだ
帽子などかぶり直してみるが
それでも駄目
豚ではないが言葉にならないのだ
離乳したのが下痢をして一つ死んだが
それは確かに片づけた
まだどこかに居たような気がして
三号豚舎をひと廻りする
注射器をもったまま

この小舎もずいぶん傷んできたなと思う
夏までには何とか考えなければと
陽の光りが小さな粒々になって
屋根うらにきらきらするのを
綺麗だなと
思いながら気にしている
忘れようとしているのだ何かを
屋根が傷むのはメタンガスのせいだが
覆っている木の枝が禍いしてるかも

それにしても大樹になったものだ
東京・柴又の寅さんの妹は
さくらと云ったが
わが家の桜もここに出て十九年
今日はいくらか散り始めてきたかな
と思ったとたんに今朝
厠に行かなかったのを思い出したのだ

ゑひもせす

こ奴め
何が凄いと云ったって
ここまで堂々とやられたら言うことない
ゑひもせすだ

それにしてもこの奴ら
秋から続く低迷相場なんてどこ吹く風で
腹が減っては眠られぬとばかり

残飯どころの話ではない
減反続きの田畑から
耕耘機の修理代はもちろんだが
境界争動のおまけがついた
先祖伝来の家屋敷まで
土地改良が終わってもまだ
けりがつかない境界線の行く方など
恥も外聞もあるものか
いく日経っても食い手がない
夫婦げんかの泣き臍から

ついには離婚騒動まで炊きこむと
吉次とおせいの艶話しなどふりかけてだ
もうここまで食ったら
貪婪なんていうものではない

ベニヤ板みたいに
乾いて反り返った風景そのまま
輸入トーモロコシなどと混ぜ合わせると
俺たちの明日までそのまま平らげて

予は満足ぢゃ
と言わぬばかりに丸くなって
平然として眠りを貪っているのだ

睾丸炎

いいや
昨晩は何ともなかった
食ったよ確かに
給餌器は空になっていたきれいに

そう言えばこの幾日か
欠し気味だったか
青ものが少し足りなかったかも

わからん
それはわからんが
いづれにしろ種牡豚にとっては
発熱が何といっても一番恐いもんな
若いもんと一緒でさ
だから
発熱とみたら何を置いても
まづ奴の金玉あ冷やさんことには
うっかりしてたらそれこそ

たった一晩でお陀仏だ

（睾丸炎さ）

原子爆弾じゃねぇが
熱で腫れ上がった地球じゃねえけんど
表の皺はつるつるになってさ
磨いたまんまに光るかも知れんが
地球のなかぢゃあ
何億という精子だってよ

溶けたら忽ちただの水だ
そしたらもはやこの世は終りだ
雀おどしぢゃねぇが
何ぼ撃ったって空鉄砲というもんだ
ん？

改良品種について

縋りつく仔豚の意志と
授乳する母豚の切ないしぐさが
とどくまで
いつも仔豚のこころは
空しさだけで焦らされるのだ
開いた瞳にはくら闇だけ映るので
眼は目の機能をなくしたまま
顔にある

水はいつも
給水器から溢れている
川ははるかな思い出の中だけを流れて
食器一杯に盛られた時間があるから
土を掘ることも
雪の下に己れを探すことも忘れて久しい
野は限られた窓のかたちに
飾られたまま
空は死の上にだけ高さがある

文明とは
進歩とは一つづつ失うことに
他ならないのだろうか

その果てに
足もだんだん短かくなり
やがて耳も無くなり尾も消えると
骨の跡などがわずかに残っていて
ところどころに

綿のようなこころがちょっぴり
滲みている
皮と筋肉ばかりの
見ごとな改良豚が出来るだろう

模擬大会

その日各地から集った代表は
それぞれの地区ごとに腰を下して
白い豚も黒い豚も
てんでに怒りの鉢巻きを締めなおした
むしろ旗は絵のように並び
垂れ幕は翻った
胸に菊花賞をつけた飼育者は来賓席に
マイクが割れると獣の臭いが流れ

若い黒豚が宣誓に立ち上がった

諸君
俺たちはもっと緑を要求しよう
爪先が青くなるまで
もっと泥んこになるように山程の土と
木の実のような魂を
冬には眠りのための木枯らしを
夕陽の滲みついた落葉など

つづいて生涯
一度の晴れ舞台に立った白豚は
震える手つきで決意表明を読みあげた

俺達は断固飼育されることを拒否し
俺達は自らの意志で背番号を捨てよう
俺達の死に等級とその価格を撤廃し
俺達は己れ自身のために肥ろう
俺達はけもの道の確立に邁進しよう

そして飼育者代表の長い祝辞が終ると
全員起立して万歳三唱し
大会の一切は終了となったが
外は何事もなかったように車は流れ
黒豚も白豚も旗をたたむと
結局は誰もがみな飼育者のもとに
帰るより他手立ては無かったのである

朝から雪

ばかに静かだと思ったら
朝から雪
更衣室なんてないから
毎朝物置に入って一本脚になる
一本足の鳥になって
昨日脱いだズボンの片方に足を入れ
よろけながらもう一方に左足を入れる
そして

商社マークの着いてる帽子を取ると
拳を入れ
ポンと一つ叩いて
こんどは自分の頭に被せて考える
この降りようでは今日の出荷は
あきらめようか

〈輸入さえ阻止すれば
百姓が自立できると思っているのか〉

下らん見出し情報と
くわえ煙草をもみ消して
上衣を取る
昔から何ひとつ変わってはいない
右手を通せば右手が出るし
左りを入れれば出てくるのは左手だけだ
ボタンを掛けながら
寒さで硬張った長靴をはいて
雪の中へ出てくると

電話するのを忘れたと云って戻る嬶に
社会の窓開いてる
なんて言われて始めて
締め忘れたチャックに気付くのである

改築

風ひとつ無いのに
あ
さくら
よく見ると
トラックの運転台の屋根にも
埋もれかけた側溝の縁や
一輪車の舟にもまた
ひとひら

毀れかけた屠畜場の風景をバックに
クレーン車の腕は
雲の下まで振り上げられたままだ
ブロックを尻に敷いて
一服している作業員のヘルメットにも
向うむいて笑っている肩にも
また
ひとひら

顔の上に帽子を被せて
たった今仰向けになった男の胸にも
ひとひら
豚の死刑執行にも休憩があって
昼のひと時を静かに
白いものだけが舞っている

　本当に儲けている奴は一体誰か

さくらの樹は

食肉衛生検査所の向う側にある

冬の夢

豚という奴は
ほんとによく眠る
北風に背を向けまんまるくなって
実によく寝るものだ

鼻をぴくぴくさせて
苦い薬草でも噛むように
どんな夢を追いかけているのやら

時には逃れるように
足掻きながら

まるで明日が
早くくればいいとでも願うように
白い陽だまりに皆を誘いこみ
眠りの河をわたると
また昨日と同じ
残飯と同じ明日の朝に目覚めるのだが

それでも奴らは
こんどこそ間違って人間に生まれたい
なんてことが適うのではないか
などと途方もないことを
考えたりするように
思えてくることもある

※

赤い川のこと

十五のとき　小学校を卒えるとハム工場にも行ったよ　それが思いもかけない殺しやだったんだ　昨日も今日もあしたも明後日もまたその次の日も到底飯なんかのどを通らなかったよ　第一腹が減らなかった　胃袋は空っぽなのに声だけが押し戻してくるので　水ばっかり呑んでいたよ体が受けいれないんだ　二・三日でげっそり痩せた感じの覚えがある　おっ母にはえらく心配かけたよ　毎晩弁当は残してくるし

必らず　風呂を沸かして待っててくれるんだけど　血の臭いがぬけねえんだ　いくら流しても流しても肌に滲みついてしまった感じでさ　それこそ本当心身ぼろぼろになって眠ったよ　そしてそれから見る夢がまた昼間のつづ

きなのさ　あの奴らが絞りだすような声に魘《うな》されて　何ども何ども目え覚ましたよ　気がついてみると真夜なかなんだ汗びっしょりかいて　そのとき思ったよしみじみ　どうして奴らの血の色と俺らの血の色が　同じまっ赤な色していなけりゃならんのか
　ほんとうに嫌だったよ

おっ母には言わなかったが　そうして同僚はいくたりか辞めていったよまあ人にもよるけど二・三ヶ月はかかるよなあ　まづは半年辛抱できたらあとは何とかつとまる　ほんと慣れるってことは心から恐いと思うよ　いまはもうあの屠場跡の裏から流れ出る　赤い川の流れも無くなって久しいが

密殺のこと

その時　俺はドキドキしながら　竹藪の奥へと引き込まれていった悲鳴のあとを追った　顔に貼りつく蜘蛛の巣を両手ではらい除けながら

そして見たのだ　大人たちが体をひらいて跳び退くさまを　さらに四つ足を縛られたまま仰向けにされた豚の胸もとに　吸い込まれた鋭利な光りと同時に　どす黒いものが激しく吹いて青竹を濡らし　降りつもった笹の葉の下に潜り込んでゆくのを

一瞬　大人たちが腰をかがめて声を落したのは　遠のいて行った自転車のベルの音を聞いたからだ　そしてまたひとしきり笹の葉が幽かに降った

「誰にも云うでねぇぞ」と脅されて俺はうす暗い藪の中から這い出てくると

すばやく豚小屋に走った　案の定小屋の扉ははづされていて　空っぽのなかをのぞくとまだ温かい糞の臭いがした

その晩　裏の竹やぶを襲う北風の音を聞きながら　熱い味噌汁に舌を焼いたのだが　低いはだか電球の灯りに浮き出たけものの油が　ぎらぎらと無気味に泳いでいて　始めて生きものの肉を口にする事のおののきと　見てしまったことの悔が不安の固まりになっていて　漸く父の叱声とともに呑み込んだのを覚えている　そして何故かとんでもないことを犯してしまった思いの中で　そのあとはやたらと葱や大根ばかりを口の中へ放りこんだのであった

酒・あるいは焼酎

豚の奴だってお酒ならいけるよ　唄もうたえば踊りもするよと言ったら嘘になる　めったにはやらないが本当のところ一升くらいなら一気に呑み干し目の縁などほんのり染めて　気持ちよさそうに眠ってしまうに違いない

当然のこと　奴らにも子煩悩なのや無頓着なのがいて　子煩悩なやつほど悪いというか気性の荒いのが常で　分娩のときなど特にてこずることもあるとは云えそんな奴ほど　産まれる数も多くて子育てなども上手なんだが　近づくものはすべて外敵とみなすから飼い主だって容赦はしない

むしろ人間だからこそ信頼などできんというのが本音だろう　怖いのはそ

のとき光る目の色だ　とくに初産の母ほど興奮もし激しく錯乱もするからだろう　漸く立ち上ってヨチヨチと母親のもとにきたわが子を　ガバッとひと口に銜えこむとそのまま左右に被りを振るのである　たまらないのは仔豚の方で　傷口からはみ出た赤い腸をひきずりながら　ギーギと逃げ廻るのである　その泣き声がまたさらに母親の狂気を煽るのだから始末がわるい

そんなとき　五合ばかりの焼酎をボールに入れ遠くの方から差入れするのだ　零されないよう手を噛まれないように警戒しながら　その時旨く呑み干してくれたら占めたもの　暫くしたらのぞいて見な　何と豚が変ったように奴こさんグワッグワッと叫びながら　仔豚を並べて哺乳している風景が見られるから

猫の場合

今朝も数えてみたら九頭しかいないのだ　確かにゆうべはと思いながらもう一度かぞえてみる　やはり九頭しかいない不思議なこともあるものだ　昨日も一昨日も一つづつ居なくなっている　外へとび出す筈はないのだし　婦に話してもとり合ってもくれない　分娩カードを何度開いても　記録には十一頭間違いないのだ牙も切っている　また豚房に戻ってみる　小さな腹をペコペコさせて乳頭をくわえ並んでいる仔をとりのけて　母親の腹の下に圧死でもしているのでは　と起こしてみるがそこにも居ない

あるいはという思いを打ち消しながら作業に追われ　そのことを忘れてい

ると火がついたような仔豚の悲鳴だ　思わず駆けこんで　畜生!!
猫である　まっ黒いやつが今白いのを銜えて振り返りざま柵を跳びおりた
のを見た　反射的に先廻りして掴んだ石をやみくもに投じた　やばいとみた
か猫のやつ仔豚を放って南へ走った　金網でも張らなければ　そう思いなが
ら泣き止んだ仔豚をひろい上げると　首すじに赤い血が滲んでいる　助かっ
たと思った小さな心臓が掌の上でおどっている

その後も　その黒い奴とは出会うのだが　わしゃ知らんよ　と云った素振
りのあ奴の清し顔がふみ出す一歩から　尾っぽの先まで一分の隙もあればこ
そ　正に刺客のそれであって　その時俺の掌中に隠されているものはそして
対決の刻は　まだ来ない

出荷について

トラックの尻を出荷台につけて豚の奴を乗せるには　急いでいる時ほど焦っては駄目だな　第一豚房から出てくれないし　追えば追うほど房のなかで逃げ廻るだけ　うっかりすると此方が倒されてしまうから　奴らが自分から出るよう宥めすかして待つほかない　何と云っても出てもらわんことには仕事にならんのだから　それから

まずは一頭づつ出荷台につづく柵道に入ってもらう　そしたらその後から就いてゆくだけホッホッなんて囃しながら　そのとき押したり突いたりしたら絶対に駄目　奴らが立ち止った時は必ず何かを警戒し　怖がったり嗅いだ

りしているのだから　何しろ生体百キロからある奴が四つ脚踏ん張って嫌だといったらもう叶わない　却ってバックをされたら柵の中だ　うまく逃げなきゃ踏み潰されるのは自分のこと　そんな時には後ろから嬶も重なり二人組みになって押すのだが　奴らの警戒心を押しきるのは容易ではない　そして漸くトラックの前まできてもまだまだ　奴らの油断している隙を狙って一気に押し込むのである　奴の尻にしっかり体重をかけ尾のつけ根を持ち上げるように力を懸けて

近頃は電気鞭というのがあって　あれを尻に当てれば豚の奴吃驚して車の中えすっ飛び込む訳　ギァーとか叫んで　それでようやく一頭一頭に背番号をつける段取りになるのだが　これから何処え連れて行かれるのか　まだ奴らには判ってはいないのだ

声について

第一声を呑みこんだまま二百ボルトの電流に失神した奴らの巨体は　横倒れになったままの姿で駆けだすから　その踠きながらの走りようは　あくまで死からの逃亡には違いないのだが　奴らがまこと其処からのがれ得るためには　もはや自らの死を受け入れる以外に方途はないのである

激しい足掻きが止むのを待って　ナイフの先を一気に心臓まで挿入すると溢れ出た血が屠夫の手首までまっ赤に染める　放血がすむのを待って　皮剥ぎ台にのせ仰向けにすると　胸もとから一筋にまたナイフが走り　まっ白な脂肪がめくれて　腸管がむっくりと膨らんで現われると　喉笛をえぐりだし

て舌を引きぬき肛門をくりぬくと　まだ熱い湯気のなかから　内臓をぞっくり取り出すことができるのだ　そこで空っぽになった腹の中には溢れ出すまで冷水を張り込む　何はおいても先ずは屠体を冷却する必要があるからだ

それから四つ足をもぎ取り皮剥ぎにかかる　三日月になったナイフの先が皮下脂肪の間にすべり込むと　剥がれゆく白い肌の表には赤い糸くずのように血がにじむ　ところどころで筋肉が痙攣し　逆さまに吊された奴らの首が落されるのはそれからだ　赤い水が側溝いっぱいに流れていて　滔々　と云ったらおかしいか

背骨を割りおろして枝肉になると　再び水洗いして冷却をまち　はじめて奴らの生は計量され格付けされて整列するのだ　そのあとはもう声一つたてずに午後からの競を待つばかりである

殺し屋の訳

いまは鶏をちっとばかり飼っているが以前は長いこと豚を飼っていたよ
飼っていたと云ったら語弊があるかもな　どちらかと云ったら　俺の方が養われていたようなものなのだから

むかしとは云っても戦後のことだが　豚の奴らに呉れる米糠や麸はみんな薦俵に入っていて　アマニ粕だけが麻袋に入ってきた　それを拡げて豚小舎のカーテンにしたんだ　胡瓜やトマトが石油で育てられるようになった頃ではなかったかと思う　例の薦俵がまっ白な化学繊維の袋に変ったのは　その頃から嬶は晩飯が済むときまって　愚痴を縫うようにボロミシンを踏んだも

のだよ　いい加減にせんかと云ってのぞくと　何と白い糠袋が首のない人形をした下着になっているではないか　それからというものは物干し竿も　タンスの中も袋のシャツで満員になっていて　俺も嬶もそいつを着ると生き返った金魚みたいに　豚小舎のなかを泳ぎまわったものだ　おまけに背中や胸の辺りには商社のマークなど染めぬかれていて　二人で踊ればチンドン屋ではないか　笑ったよな　そして袋の下着は着替えても着替えても　明日みたいにいつまでも続いたよ　新しいパンツを履いてお悔やみにも行ったよ

そしてこの俺が　段々とこころ優しい殺し屋になって行ったのは　どうにかこうにか　オーダーメイドの支度を整えられるようになってからのことで知らぬ顔して死を数えることの楽しさも覚えたよ　嫌がる奴らをトラックに追い込むときの声が　豚そっくりになってきた嬶と一緒に　いつも喧嘩しい

しい列車のように見送ったものだよ盆も正月も　尻の痒くなるような話だが
やれ愛がどうの情がこうのと冷めた寄せ鍋ではないが　いろいろ御託をなら
べて　あの何ともひとなつっこい瞳と　どう見ても不似合な鼻を持った小さ
な神さまのことを　ただ殺すためにだけ　産ませつづけてきたと云う訳であ
る

クロップスパテーよ

一体　どうやってあの巨体を騙し　機嫌をそこねずにトラックに乗せることができるか　結局は名案もないまま餌で釣ることにし　二日ばかり餌もやらず奴の豚舎にちかづくこともなかった

おそらく俺の足音に聞き耳をたてているに違いない奴の　時折り扉をゆする音がするのは　鉄柵から半身をのり出して激しい空腹に耐えられず　口からまっ白な泡をかみ出しているのだろう　小舎の陰からのぞくと歩き廻っている奴の影が動いている　あまり吠えなくなったが水だけは自由に呑めるはずだ　静かになったのは空になった飼槽の縁や　乾いた底に残された感触だ

けを舐めまわしているのかも　ゆうべは遅くまで鉄柱をこすり上げる牙の音を耳にしながら　眠りについたのは何時だったか

　朝　篁の上の二月の曇りは　白いものひと片も落さず垂れ下っていた　こちらでと定めた所に着けたトラックのボデーを開いて　最後の食事を整えてやると　はじめは少しためらう様子だったが　もはや空腹の思いには耐えられなかったに違いない　恐るおそる前脚をのせたので難なくトラックに押し込むことができた　瞬間　二百五十キロのあ奴を担った車体は　辺りの風景を揺らすようにしてガクンと沈んだ　奴は夢中で餌を食っている　享年三歳と九ヶ月

　もはや込みあげてくるものは無かった

〈日本種豚登録協会認定種牡豚〉

現場について

豚の奴らが怖がって体でおびえるのは何といっても血の臭いを嗅いだときだ　あの異様な鼻さきで死をかぎ出した瞬間に　腰をかがめですっ跳び廻るで　そりゃあ隣りの部屋で殺られる　仲間の絶叫を耳にするからかも知れないが

繋留場に追い込まれた奴らが　命がけで突進するさまは何といっても凄まじい　まっ赤な血の床で滑って倒れた奴が　起きあがろうとするのに　次の奴がまた折り重なるかと思うと　勢いあまってコンクリートの壁に激突するのもいて　下手すれば此方のほうが下敷きだあなそんな時は　追い込む方

だって本気の鬼だよ　血と脂でぬるぬるになった鉄パイプを振り廻しながら
一頭づつ狭い出口から屠殺場へ追い込むと　中では殺し屋が手に唾つけて鉄
槌をふり上げ　入ってくる奴の眉間めがけて待っている訳　ところがだよ
大概は一発でお陀佛になるんだが　ときには弘法さまも腕の誤りで　折かく
追い込んだ獲物が逃げだすことだってないこともない　血だらけになってさ
そしてそんなとき此方まで一緒に興奮することになる

それでも豚のことだからまだいいので　馬だとか牛だとかの大物になると
ちょっとばかり恐さも混って慎重になるんだな　側で見ていても　勿論　確
り繋いでおいて殺るんだけれども

いまではすっかり電化された現場は　一頭づつコンベヤーに乗せられ

あっと云う間に電殺場へ送りこまれてしまう訳だが　どんな合理化したって
どの道行きつく先に変りはないと云うこと

でなければ

仔豚のうちならまだコラッと云って手を上げれば　両足そろえて立ち止まり　いたずらっぽい瞳と鼻先を突きだしながら　戯けて見せたりもするのだが　生意気ざかりの中豚ともなれば　叩いても蹴っても逃げるどころか　ときには六・七頭が一斉に寄ってたかって長靴を噛み　ズボンに齧りついて中身の膨はぎまでも喰い切らんばかりに　歯を立てられると思わず悲鳴をあげて飛び出すのは俺の方だ

ズボンをまくり上げて見ると　くっきり奴の歯形がならび血が滲んでいる
薬箱に手を伸ばしながら痛さをこらえて想うのだが　腹が減ってる訳でもな

さそうなのに　やたらと扉を齧ったり鼻の頭を血だらけ真っ赤にして　仲間の尾っぽまで噛切り食ってしまうということは　もはや極限にまで歪んでしまった奴らの思いも　人間のこころそのままに渇ききってひび割れているのではないかと想うのだ　そしてたっぷりと湿り気をふくんだ南風と　無意識の下草ふかくねむる黒土の匂いを求めているのではないか

でもなければ　何であれほどまで執拗にゴム長靴やズボンの裾までなめ廻し　餌でもないのに　無償にかじりつくのか見当さえもつかないのである

泥の舟

オリンピックではないが　アメリカやドイツやデンマーク　あるいはスエーデンとかイギリスといった　行ったこともなければ見たこともない他國の百姓と　安くて美味い肉つくりの競争をさせられている俺としては怒っててもう三日も口を効かない嬶のことが心配で　心はもう穴だらけになった麻袋そのままで　餌くれをして下痢をしてるのに注射をしたり　発情の具合など気付かいながら清掃をし　隣りの奴と一つになって喧嘩しているのを宥めて　分けて　死んで腹ふくれた奴などを引っぱり出して　明日の分娩準備ととのえ　忘れていた飼料の電話注文などしながら

今度の種豚市場には行けるかどうかなども考えるのだが　とにかく昼飯ぐ

らいは食わして貰わなくてはと　取りあえず箸を手にしてお茶づけでも一杯と　大口開けたとたんに
…マシモサンマタブタガ　マシモサンブ
タガマタデテ…
などと注進がとんでくると　ずっこけるより頭にくる方が先で　先刻まで怒っていた嬶もいっ緒になって駆けだし　頭を下げ下げ恐縮しなければならない訳で　非核三原則もその通りだしトマホークも勿論だが　兎に角こっちは飼料効率の〇・一パーセントでも下げん事には　亭主としての信頼もがた落ちで　そのうちにな　温泉でも京見物でも好きなとこ　どこでも好きだけ連れてってやるからと　言ったことまで忘れた訳ではないのだが　いまに今にで三十年どっちが騙したのか騙されたのか　泥の舟はすでに沈みかけているのである

炎天

この夏もまた
謝るように腰をかがめて
田植えなどするな
それしか手立てが無いと云うなら
決して動かぬという
心の行為《きめて》もあるではないか

誰に頼まれた訳でもない

身重な躰に縄めをつけ
負い続けてきた命ではないか
田の畔で倒れた父の血を呼ぶように
鉄の轡を噛みながら
輓馬の思想を畝間にひくな

遙かな弥生の昔から
死に代り生まれ変りして
植え継いできたその業ではないか
もはや要らぬと云うからには

いいではないか
滅びるものなら亡びてやれ

何時までも
未練がしく鎌などを研ぐな
それぞれが田毎田毎に
草丈高く怒りを立て
炎のかたちに芒で覆い
亡びを生きるということなれば

いいではないか
これが俺の田圃なのだと
誰が見ても判るように
な
鍬でも逆さに突っ立てて置け

富士

ここからは富士だってよく見える
と云ったら嘘になるか
その全容が見える訳ではない
雪を着た右肩だけが
わずかに望見できるのだがそれも
秋から冬にかけてのいく度かのこと
標高四百二十メートルの
赤城の山腹に農場を移したころは

朝起きると庭に出て
よく富士をさがしたものだ
　妙義や
　荒船
秩父の山なみが朝靄のなかに
嶋のように浮んでいて
天辺はるかに
重畳とひろがる日本アルプスの稜線は
俺のこころを
ちょっぴりと高く上品にした

まだ眠りの底に沈んでいる聚落の
疑問を解くように
靄がはれると平野は
素朴な縄文の朝をむかえるのだ

それからと云えば
かれこれ十五・六年にはなる
俺はきのうカメラを手にしてふる里の
村をあるいた
通いなれた水車の音を探しながら

朽ちかけた土橋の跡や
住宅団地に閉じこめられた
首切り薬師
摩住多ケ渕の伝説につづく
曲りくねった野路の思想を撮って歩いた
いまはもう近代化に逆うものはいない
蝕まれるものは
もはや自らも蝕む虫螻蛄《けら》となり
村は村を拒否して流れているのだ
もう今日で桜の下の

宴もおわりになるだろう
滅びとは案外
賑やかなものなのかも知れない

平吉よ
近頃の俺にはとんと富士が見えない

タラッペのこと

楤
普通にこの辺りでは
タラッペと云い
俺んところのタラの木は
いまはみんな緑に覆われていて
誰にも気付かれることはない

冬の間は

ただ呆然としているだけの木だが
それでいて何となく親しみを感じるのは
児どもの時からの習わしだからなのか
それとも何となく
その風貌が誰かと重なるからだろうか
雪がふれば雪のなかで
風吹けば
風吹くままにただ揺れていて
小枝もろくになくて少し眠たそうだが
案外しっかりしていて強そうでもある

それは体中にいっぱい
鋭い棘を付けているからかも知れない

人目をひくような
花を咲かせる訳でもないところが
またタラッぺらしくもあって
てんぷらに揚げても
あえものなどにしても
遠い跣足の時代の香りをそのまんま
プレゼントしてくれるからたまらない

近ごろは
無謀な採りかたをする者が多くなり
山でもあまり見かけなくなった
俺のところにはまだあるが
もう誰にもやらない

青い鳥について

始めてその小鳥に出会ったとき
あんまり見ごとなので
一瞬たじろいだのはこっちのこと

よく見ると
それはどんなに跑《あが》いても
決して飛び立つことができないように
プラスチックの台に止められていた

もうすっかり季節を失くした
都会のコンクリートジャングルの中では
真実を見極める必要もなかったので
目にはガラスの玉を嵌めこみ
お腹のなかには
合成樹脂でも詰めこんだのに違いない
呑み喰いなどできなくてもいい訳だから
形ばかりの嘴《くちばし》などをとり付けて
翔べない鳥をつくったのだ

羽には春の色をたっぷりと混ぜて
贋の小鳥は生まれた時から
死んでいたから
さも生き生きと死んでいたから
鳴きたいときさえ
自分の声では鳴けない訳で
胸うちには
小さな発声装置を隠したまんま
玩具売り場に倒れていたのさ

だから赤ん坊でもあやすように
ほら
こうして手を叩くと
翔べない鳥は
渇いた声で鳴いてみせるのだ

風に

この汚れきった羽も
伸びすぎて曲ってしまった爪先も
固くなった体躯のことも
もうすっかり
ロボットといっしょで
毎日毎日計算された配合飼料を
味も塩気もないままに
ひたすら胃袋につめ込むのだから

ちょっと待ってという訳にもゆかず
もうどんどんどんどん
産まない訳にはいかないのが
たまごなのだ

産むなんて悠長なものではなく
もうどんどんどんどん
排泄しなければならないのである
それこそ
意志に背いてと云うべきなのか

次から次えと跳び出してくる卵細胞が
どんどんどんどん育ってくるから
膨れ上がった卵巣機能は
いまにも毀れてしまいそうなのだ

いまさら
何のためにとも問うまい
誰のためにとも云いはすまい
折角生まれてきたこの身だと思えば
せめていま一度

この細い二本の脚で地球を蹴り
九月の風に羽を拡げることができたら
お望みどおりに
焼きとりでもフライドチキンでもいい
心をつくして
成ってやろうではないか

月夜野

月夜野といえば
山の中の小さな町だと思ったが
上牧という湯の宿には泊ったことがない
しし鍋や
からし醤油あえした山菜もそうだが
川鱒をのせた山菜寿司というのも
お目にかかったことはない
墨絵のように重ね合わせた雪の山肌に

透きとおった林ばかりがつづいて
山ふところには
いくつかの藁屋が
小さな暮らしを閉じこめている

以前
三国峠の猿ケ京から下った事がある
たった一日の贅沢をしての帰り
すっかり
方向感覚まで失くした俺の行手に

架橋はひときわ高く
冬の風景を跨いでいた

上越新幹線

あの山の中に出現したはずの駅は
今どのような素顔を見せているのか
大東京日本の臍に直結する
列車を停めて
どのような企みを降ろし

いかなる希いを乗せようとしているのか
そしてあの山の中の町は
いかなる明日を約したと云うのか
モリアオ蛙の生息地
大崎山の古沼に万年に亘って生き続けた
あの浮島は
それにしても
上毛高原駅とは下らない

案山子のこと

むかしから
一本足には一本脚の立ち方があって
手足はたいがい竹の竿ときまっていた
蟷螂の日々は貧しさの中にも
洗いざらしの楽しさがあり
雨の日や陽除けにもかぶる菅笠や
麦わら帽子と祈りもあった
ときにはカラスの奴に

糞などかけられたりもするが
耐えて余りある自負というものもあった

ところで戦後
頬かぶりしたへのへのもへじが変貌し
蓑を脱いでスーツを着たり
町のショーウインドから抜け出てきて
武三の田圃なかに立ってた朝は
本当にカラスなんかより
俺《こっち》のほうが吃驚したものである

何と云ったって
足まで二本揃ってるんだから

ところがそのことを
すっかり忘れていたものだから
思わず一瞬
後退りしたという訳
それこそ生々しく汚れた肌がよ
半分埋れたままのしどけない姿で
ようやく萌えはじめた

枯草のなかに死んでいたのだもの
しかも
当然の事件のようにだ

土地改良のこと

ちょっとお訪ねしやんすがと聞かれ
ここら辺は石田っ原ですよ
と云うと
あれあ何の工場ですう？
と聞いてくるので
あれは胡瓜のハウス団地です
と答えると少し首を肩に近づけて
庚申塚はどこへ行きやしたか

と云うので
どこで道を間違えましたか
と聞くとどこでま違えたでしょうか
ときたもんだ

今ではもう車っ川の水車も
赤城さまの参道も
それから摩住多ヶ渕の伝説から
首切り薬師のおまつりまで
戸締めで伏っていた辰っ平爺さんの

頭んなかしか残っちゃいなかったがのう
去年の暮れにな一人で
みんな墓場へ持ってってしまいました

それにしても
どの道も偉う立派になりまして
どっちへ行っても四つ辻ばっかりで
天神さまが見つからんし
わしらが倅の田ぁどこでござんしょう
と云うのだ

なあに今年もお上じゃあ
米作らんでもいいと云うでな
ちょっと
田んぼの顔色見てみたくなりやしただ

子持山

児持山若かへるでのもみつまで寝もと我は思う
汝はあどか思う　　　　　（万葉集巻十四）

そのときは
旧三国街道と伝えられる中山峠の
「わらび荘」
という宿に一夜泊った

國民宿舎という呼びようは余り好かない
指導者研修という催しは

さらに興味なかった

俺はひとりの青年と
静かな松林の呼吸を感じながら
豚という生きものの改良の話をした
そしてそこに仕組まれた数値と
不（完全配合飼料）のことや
次々に開発される医薬品と
殖えつづける病原菌との追いかけっこや
ひたすらロースやハムだけを目的に

品種改良をめざして
飼いならされてきた豚たちの
こころの在りようなどなど
そして懼れもしらずその肉を貪る
人類の未来のかたちについて話をした

翌朝
腕まで濡らす濃い霧のなかで
ゆうべの青年とは挨拶もなく別れたが

晴れていれば
東歌のなかの子持山は
萬葉びとの暮らしの姿そのままに
生きている筈であった

羅漢

仮の生まれが次男坊で
付けた名前がましものたくじ
マーヒーモー・アークーイー

ついた渾名が
タク・タコ・タワケ
いつもあ奴のことばの桶は空っぽで

蓋もなければ底とてなかった
ときに
小石などが降ってくると
悲鳴をかぶっておのれを抱え
餓鬼どもの喚声が遠のいてゆくと
また何事もなかったように
野いちごをつんで笑っていた

風になる前の夕やけはいやに静かで
真っ赤な川が流れていた

生きるということは
裏切ることか
朝起きてそっとのぞくと
豚のようにさりげなく寝ていること
あ奴の背中の信憑性は
いつも変りなく変っていることで
不断にかならず
餓鬼どもの祭りの影に寄りそっていた

その後暫く会ってはいないが

無頼頑丈な
あ奴のことだから
今も乾いた鍬などかついでやってくる
あの羅漢さんの笑顔に
ひょっこりと
出会いたいと思うのだが

冷夏

今日
六月の曇天に向って生い繁る
アカザの群生のなかに
まっ赤に錆びたブルドーザーが
自らの無の重量に沈みゆくさまを見た

かつての神話も伝承も
完膚なきまでに踏みしだいてきた

キャタビラまでが
すでに半ばまで埋もれていて
もはや
その名称さえ呼びがたくなった鉄塊は
油の臭いさえも無い
湿気をおびた心臓部にまで
ヤブガラシが絡みつき
なめくじの這いまわる座席は
不在に傾いだまま
罅割れた鏡のなかに

過去の風景をとりもどし
再び始動することはないだろうし
やがて梅雨あけの頃には
跡かたもなくこの草いきれの中に
覆いつくされてしまうのに違いない

それにしても今日の
このうすら寒さはどうだ
ますます加速する知の独りあるきに
この肥満した文明の思想は

その機能を
自ら維持してゆくことができるだろうか

羽の花びら

右目がつぶれていて
瞼の開かない片目の鶏は
いつも首を少し斜めにかしげていて
草の実をついばむときも
塵の中を探すときも
さらには驚いて飛びあがるときにも
決って
左えひだりえと傾いで

おのれの周りばかりを廻っていた
水を呑むにも
餌づけのときも
いつの間にやら仲間の外に押し出され
残りものしか喰えないから
痩せていて
いつになっても一つのタマゴを
産むことさえ出来なかった
ときに
野良猫などにおそわれると

ただ慌てふためいてぐるぐる廻りながら
群から遠く離されてしまうのだ
ただ
その一瞬が
あるいはあの片目の鶏を
永遠との出会いに導いたのかも知れない

ある日の朝
俺は
黒土の上にはげしく散り敷いた

奇麗な羽の花びらを見た

お袋のこと

お袋はさ死んでも
タマゴは産まれるんだよな
みんながさ大勢寄りあつまって
芋を洗ったり葱をきざんで
祭壇かざりをしている時だってさ

おかつさんやおみねさんが
話しながら自分のことのように

団子をまるめているときも
男衆が花かごを編んだり
弓を作って
野辺送りの準備をしているときも
隣りの嫁さんが忙しそうに
エプロンの裾で濡れ手を拭いている時も
やっぱりタマゴは産まれるんだよ

お坊さまがきて座っても
読経がおわって野辺送りがすんでも

初七日のことにも関係なく
にわとりはタマゴを産むんだよ
やすみなく毎日
毎日タマゴ採りをしてくれたお袋は
もう居ないのだというのに
昨日と同じように
おとといと同じように
せっせせっせと産むんだから
採っても採っても休みなく産むんだから

だからこうして
毎日タマゴ採りをするときは
なんだかお袋と話しているように
思えてくるんだよ

ヒナ菊のこと

―闇夜の内緒話―

うしろの正面には
貴船神社の神霊が祀ってあった
大型運転席の二階から見下ろすようにして
ドアを閉めると
行き交う小型車の屋根だけが
小さな甲虫みたいに動いて見える

ここに座ると
もはや戻れない今日という一日が
バイパスのように伸びていて
ハンドルを握れば
直ちにその手は大型貨物の
ロボットになる
ときには東京までの百キロを
二往復するという嗄れた六さんの言葉が
スイッチとともに始動した

だからよ
うっかり轢いちゃった時にあ
も一度バックして踏み直してみな
それで完全にお陀仏だあな
何しろこの大型貨物にやられてみねえ
残念だが人間一匹
喚いている面こそいさましいが
内蔵まできれいにすっ飛び出して
縮んぢゃったら芋虫みてえなもんじゃ

(闇夜のないしょ話さ)

とこの場合
にが嗤いでもしなけりゃ
同乗することも出来なかったし
運転台の隅の乾いたヒナ菊の鉢にも
気づくことさえなかったに
違いない

藁もちのこと

——父の話——

そん年ぁ
春先から雨のあたりどしでな
土用だってえのに寒くて寒くてな
綿入れののこを着たまんま
田植を終りにしたんだと
そうしてな
ろくにお天道さまの拝めん日ばっかし

続いたもんだからな
田圃はとうとう実りにならんで
秋風が立って仕舞ったそうな

そんな訳で冬にへえり
いよいよ食うもんが無くなってくるとな
草の根や樫の実ひろって粉に挽いたり
馬にくれる稲藁あ刻んで
一晩ゆっくり水に浸して灰ぬきすると
それを蒸籠で蒸かしてな

それから臼でよおく搗いたんだと
よおく搗いてなそれを丸めて
味噌をつけて食ったんだと

ひと口食っちゃあ水を呑み
ひと口食っちゃあ水を呑み

水を呑んじゃあ喰ったんだと
そして味噌をつけちゃあ食ったんだが
噛んでも噛んでも

水だけのどを素通りしてな
口の中にあ繊維《すじ》ばっかりが残ってなあ
すじだけは喉をとおらなんだと

そんでも食うもんがねえからにあ
何にも食わんよりましだんべえとな
目えつぶってくんのんだんだと
水と一緒にな
いのちをかけて呑んだんだと
昔むかしの天保のむかしの

困窮年に搗いて食ったと云う
藁もちというお年寄りの昔ばなしさ

神さまのこと

ところでタマゴの不良品のこと
知ってるかい

お店では売っていないが
小さいのや歪《ゆが》んでいるもの
いわゆる規格外になる訳だが
あれって産むときは大変なんだよ
立ったままで

鶏のやつ
瞼ひっくり返してパチクリパチクリ
タマゴはと云えば
半分だけ顔出しているのに
出そうで出てこない
思わず歯をかみしめてのぞいていると
突然スポッと吐き出すこともある
そんな瞬間勢いあまって
他のタマゴに打つかったりすると
シャシャンなんて

薄い金属音などさせて転がるが
なのに何で割れたりしないのだろうか

たとえば
腹の中にあるタマゴの殻というのは
かなり軟らかにできていて
外気に触れる瞬間
固まるようになっているのかもしれない
そんな産まれるときの苦しみが
そのままの形になって

歪んでいるタマゴを掌にのせて
見ていると
どうしても見えない神さまのことなど
考えてしまうのである

秋海棠

しばらく街え行ってないから
連れて行けと云うので
嬶のお供をして
お使いに行ったのだが

その帰りがけに
花の種がほしいというので
もと百姓だったというが

今ではすっかり商売がいたについた
三俣はずれの花屋をのぞいた

すると
なんと近ごろでは草花までが
ただ素顔で咲いてるだけではないのだ
それぞれの藤籠などにおさまって
頭にはリボンまで着けて
媚を売っているのだ
と

さらに驚いたことに
わが家の庭先から裏藪のすみまで
足のふみ場もないほど咲いてる
秋海棠が
二・三本づつ鉢に植えられ
なんと一鉢一〇〇〇円の
値札まで付けられているではないか

ということは
いまわが家には

秋海棠がうん十万円も咲いてる訳ね
とうれし気に云う嬶と
何というか
ルンルン気分で帰ってはきたのだが

泥　棒について

諍いの発端は
山の畑をまる囲いして
六百ばかりの鶏を放した日から始まった
山の鳥はすべて
俺が飼ってると云わぬばかりに
胸を張ってはみたのだが

見事に殺られたと思ったのは

雪の上の足跡が
林の奥えと続いていたからである
早速
牧場をひと巡りすると
豈図らんや
金網がひとところ破られている
犯人はまさしくここから
計画実行を企んだに違いないのだ

しかし

何かどこかがすっきりしないし
変なのである
それが解らない

そんなら毎日精出して産みつづけた
タマゴを盗ってた奴は
一体何者なのか
さらに
餌を与えるという行為ひとつで
どこまでその

正義を主張できるのか

景語拾摭

孫・二才誕生日

タントン　（お父さん）
カーン　（みかん）
マーモ　（たまご）
ゴンジ　（りんご）
カッタ　（いちご）
ボー　（ぶどう）
ベンベ　（せんべい）

ジンジン　（にんじん）
ウーリャ　（きゅうり）
マム　（ハム）
バンパン　（パン）
バンブン・テ（半分にして）
シイ　（おいしい）
マ・マ　（もっと・もっと）
ンネ　（ねえちゃん）
コンコン　（陽子ちゃん）
バップ　（カップ）

ガーゴ　　　（コーラ）
ピリピリ　　（サイダー）
イーシー　　（小便）
デ・デ　　　（出る）
モ・モ　　　（もういい）
ライダ　　　（タオル）
カッカ　　　（水）
ゴアン　　　（ご飯）
イーイー　　（否定語）
テテー　　　（開けて）

マーメ　（雨）
バンバン　（バナナ）
アンタイ　（反対）
モム　（読む）
マメ　（亀）
ボボイ　（鯉のぼり）
タッチュタッチュ　（一つ二つ）
カック　（トラック）
デ・シーナ　（これ欲しいな）
ボポ・クー　（僕も行く）

※

稲の花

去年の夏　俺はスチロールの空き箱を見つけたので土を入れ　悪戯ごころに九株ばかりの苗をもらって田植えをした　ただ何となく忘れていた稲の貌がなつかしく　田の声が聞きとうなったと言ったら嗤われるだろうか

それからのことだ　何といっても毎朝稲に水をやるのが楽しみの一つになったのは　あの陽の出前の稲の葉の先端に　一斉にきらめく朝露の玉はどうして揃って落ちないのか　その美しさと不思議さに驚きながら　足音をしのばせて近よりそっと屈みこんで眺めるのである

稲というのは夜なかに育つものだとも云われるが　ある朝ふと気付くのは

また一段と生長した姿をみせて株もとからは　透き通るように柔らかな新葉が覗いているから何とも言えない　そして穂孕みのころになると　背丈の伸びた茎葉はますます力強く太くなって　日に一度ならず灌水を欲しがるのである　初穂がその頭をのぞかせたのは丁度二百十日の朝のことで　それから五日出揃った稲穂は顔いっぱいに花つけて　弥生のむかし言葉を語りかけてきたのである

ところが何と　ようやく膨んできたなと思ったその朝　幼い稲穂が突然まっ白になっていて　一粒残さずしゃぶられていたのだ　見ごとに殺られてしまったのだが　正しくスズメの奴らの仕業である　なんとも迂闊な恥ずかしい話だが　この赤城山麓に咲きつづけてきた稲の花を自から絶やしてすでに十八年となる

夕闇

一体　何がそれほどまでに忙しいのかまた　どうして何がそんなに恐いのか　さっぱり判らないものがこの胸板をたたくのです　そしてただ早く植えなければ　早く田植えを終りにしなくてはと　ただそればっかりが責められましてな　でもどうしても鍬や鎌などが見つからないのです　どこに置き忘れたのか思いもつかんし　第一厩に馬がおらんのです

そればっかりか夕べの雷雨で水量が増え　それこそ滝になって畔越ししてるのが家の中から見えるんです　来たきた水がきた俺の田んぼに水がきたあんなに水がきたと云うのに　速くはやく畦を塗って代掻きしなけりゃ水が

引く　速くしなけりゃ水が引くって云うのに　速くはやくって叫ぶのに　どんなに怒鳴っても野良には人っ子ひとりも居らんのです

それが怖くてこわくてのう　早く田植えしなくちゃいかん　はやく植えなきゃと焦ればあせるほど苛立つばかりで　はやく植えなきゃと思うのだがどうにもならず　水面に映る稲の苗は風もないのに　ゆっさゆっさと揺れるばかり　それがまたどうしてこんなに恐いのか　貌のないお化けの髪に似ているからなのか　早く植えなきゃ水が引く　水がひくとばかりに追いかけながら目が覚めるんです

その度ごとに安堵してはい　本当に何度も胸なでおろし夜中に　嬶の寝顔を見つめながら長いため息つきました　はい近頃はとんと夢見ませんが　そ

うですなあ田畑手放して十四・五年にはなりますか

バイパス

まるで動く倉庫といった感じの大型車輌が　どの辺りから付いて来たのか
気づいた時はもうすぐ後ろに迫っていて　俺の尻をこすっているのではない
かと思うほど寄ってきた　二階の運転台から見下しているような感じだろう
から　こっちは胃の腑まで見透かされている様で　離れようとすれば直ぐに
また追いついてきて　気色の悪い音を立ててエンジンが嗤っているのである

思い切ってアクセルを踏みこんで　ようやく逃げられたかと思った途端に
こんどは怪物の奴　目の前に現われていて南無さん　全力をペタルにかけ腰
を立てて踏みこんでの急停車　危うく停った目の前のめくれ上がったナン

バーのすぐ上には　泥だらけの言葉が貼りついていて「お先にどうぞ」と
読むべきことは判るのだが　道巾一杯のこの巨大な怪物のうしろのことでは
到底先になど出られる筈もないし　前方など見ようにも見られないのだから
何で急停車なのかもさっぱり判らず　動き出してはじめて潰れた鉄塊が血を
流しているのが見えてきて

かと思うと花屋だの魚屋だの　小さな下請け工場や煤けた暮らしの上を通
りながら　何とかここから抜け出ようと試みるのだが　俺の行く先へ先へと
怪物も曲って行くので　俺のゆく先はもう俺のゆく先では無くなっていて
走っているのではなく走らされていることだけが　判っているだけで　神経
も思考も一直線になり　乾いた一本のバイパスが伸びるままに長いトンネル
の中に入ったのである

紙の花吹雪

紙の花が飛び散るメインゲートをぼくは父ちゃんの後から駆けていった
スタンドは大人の足ばかりで　前もうしろも足ばっかりで汚れたブーツや
シューズに混って　地下足袋やピッカピカに光った黒い革靴や　ハイヒール
がもつれたりしている中をぼくは　もぐらみたいに潜っていった　数字ばっ
かり書かれた紙切れが　足もと一面に散らかっていて　ぼくは数字のなかで
ガムをひろった　と不意にいろいろな足が黙ったままじっと動かなくなった
り　またお祭りみたいに激しく移動して　そのたびに頭の上から数字の花が
降ってきた　数字の紙はトイレの中まで続いていた

ぼくは行ったり来たりするズボンを　搔きわけ搔きわけしながら階段を昇ったり下ったりし　ジーンズの股をくぐりトレーパンを押し除けてあるいた　ペンキだらけのニッカズボンを除けたときだった　躓いて思わずぼくはお姉さんのスカアトに掴まっちゃった　お姉さんはキッと振り向いてぼくを睨んだ　そのとき何とも云えないいいい匂いがした　そして大人たちの足はみんな　どの足も迷っているようにしか見えなかった　ぼくはジュースの缶を捨ててまた　足の林の中をぬけるとタコ焼屋さんの前に出た

その時　どこかで花火の音がはじけていて　ぼくは父ちゃんのことを思い出したのだった　予想屋の三ちゃんところも結構にぎやかだったが　それでもみんなどの足もまた迷っている様子だった　ぼくが警備員のおじさんに捕まったのはそのときで　坊やおい一年生か？　なまえは？　なんて聞くから

さ言ってやったんだよ　ぼくぢゃねえ父ちゃんが迷子になったんだってば

たらちねの

何の知らせもないと云うことは息災だとはいうものの　ここ暫らく無沙汰をしているお袋のもとを尋ねた　軒端に出された九輪草の鉢に水をくれたばかりの様子はあるが　立て付けの悪くなった入り口の戸が開かない

遠くに出かける筈はないと思いながら家のまわりをひと巡りする　まだ筍が出るには少し早いのかその気配はない　裏藪に覆われた下屋の土間の片隅に　半身を崩して一台の脱穀機があるのだが　それもどう仕様もなくただ在った　ただ在るとしか云いようのない在り方であった

あれから二十年は経つ　もうとうに木の部分はふやけて塗装の跡さえ分ら

なくなったまま　台座は土間に埋れて傾いでいる　かつて稲や麦との激しく噛み合った時間をさらし　まっ赤に腐食した骸となって淡い木漏れ陽がさしこんでいる

そこには自からの機能を放棄した眠りのかたちが在るだけであった　もはや在ることさへ無くなろうとしている滅びの時だけが流れていた　永劫に忘却さえもなく農具が農具でもない　空が空でなく樹が樹でもなく　言葉がことばでさえなくなることの寂けさのなかに在る　竹の葉のそよぎの中だけに在る

また　来てみることにしようか

吊り橋

ついに　嫁ぎゆくまで諦めきれずにいたその人と　ゆうべ夢の森で結婚式を挙げた　居合せたのは皆すでに亡くなった筈の若い友人たちであり　戦死した従兄や血につながる者ばかりで　言葉にならない声だけが賑やかに深い夜のそこに沈んでいった

そして　まっ白な足袋をはいたそのひとの指先と　ひき締った鼻緒のあたりだけがほんのりと　私の心を安らぎの色に灯していた　いい嫁さんだ　としきりに誉めそやす素振りの　叔母の羽織りの香が　不思議とそのひとの匂ひとなって　滴りおちる夜露がわたしの胸をしっとりと犯す　言葉のない夜

はこんなにも　人とひとの心とは通い合うものなのだろうか　今こそ一切を
投げ捨てて抱き合いたい　と

突然　朝の障子は開けられて　たしかに触れたその人との感触が　あざや
かに胸を刻んで脈打っていたのだったが　想いの吊り橋は渡るためにではな
く　その人との渓谷《たにま》を美しく支えるために懸けられていたのかもしれない

人間さまのこと

そんなに気取ったところで仕様がないとは思うのだが　またこの俺がそうだと云う訳でもないのだが　例えば着ものには着ものの着かた帯の締めかたというものがあるし　食べものにはそのものの食べかた　調理の仕方ということだってあるではないか　開き直って云うことではないがどんなに贅をきわめ　虚を尽してみたところで　所詮人間だとて別の生きものではないと云うこと　この俺だって故意にこの臭いを振りまいて　自分の憂さを晴らしている訳ではないので　その位いのこと弁えておりますがな野暮はヤボなりに

それでも　生業ともなれば止むを得ぬことだってあるもので　時には仔豚

の悲鳴にすっ跳び上がり　一張羅の支度でそのまま豚小舎の中へ駆けこんだり　雨の中を追いかけ廻り　濡れネズミになって震えることもある訳で　それこそが嘘いつわりのない正直な豚飼いの暮らしなのだと思うと　豚飼いが嗅うのは当りまえの話であって　例えば病院へ行けば消毒の臭いが鼻をつくし　鉄工所の工員は機械油といっしょの臭いで不思議はないのだ　だから防水布の会社員は電車に乗ってもゴムの臭いがすると云うし　塗装屋は考え方までペンキ臭いと言われるのだ

それが人の暮らしの匂いというものではないかと思う　も少し飛んで云えば昔から　お坊さんは生臭くて先生は乳くさい　お偉い政治家は何とも狸臭いのが通り相場というものではないか　観音さままではないからに　いくら格好つけても隠し切れないのが　俺たち人間さまの人間らしい曲ではないか

と　思うのだが

年譜　真下章

1929（昭和4）　3月7日、群馬県勢多郡粕川村女渕119番地（現前橋市粕川町）に農業、見津二、リツの長男として生まれる。

1943（昭和18）　14歳　粕川国民学校を卒業し、家業の農業に就く。進学を希望したが許されず、書道の通信教育を受ける。

1945（昭和20）　16歳　前橋市立城東国民学校に焼け跡の片付け作業のため召集されたとき、敗戦を知る。

1946（昭和21）　17歳　粕川村の歌人、赤木馬彦が主宰する短歌会に入り、同人誌「志らかし（白杜杙）」に短歌を発表。一時、「アララギ」に入会する。

1947（昭和22）　18歳　上毛新聞社発行の文芸誌「東國」の萩原朔太郎特集にあった朔太郎の詩に衝撃を受ける。その後、金子光晴、北川冬彦らの詩に傾倒する。

1949（昭和24）　20歳　岡田刀水士が中心となった詩学研究会群馬支部に加わり、詩作を始める。同人誌「青猫」の例会に参加する。

1951（昭和26）　22歳　4月、サダと結婚。

1952（昭和27）　23歳　4月、長男が誕生。家業に専念するため詩作を断念し、文学の関係の本を処分する。

1956（昭和31） 27歳 5月、長女が誕生。仔豚を購入し、自宅敷地内で養豚を始める。地元の農家と赤城養豚クラブを設立、責任者となる。

1957（昭和32） 28歳 粕川村立粕川中学校歌を作詞。

1959（昭和34） 30歳 2月、赤城養豚クラブが畜魂碑「養豚大明神」を建立する。

1962（昭和37） 33歳 養豚の事業化を目指して自宅近くの敷地に「おんばこ農場」を設立。

1964（昭和39） 35歳 粕川村歌「粕川の歌」を作詞。

1966（昭和41） 37歳 春、赤城山麓の開拓地に後継入植し、規模拡大した「おんばこ農場」を新設。8月、父、見津二死去。その後、農場の経営は軌道に乗り、600頭を超える豚を飼育する。

1968（昭和43） 39歳 8月、上毛新聞社で開かれた「第2回上毛詩のゼミナール」に参加。「上毛詩の会」に入り、16年ぶりに詩作を再開する。

1969（昭和44） 40歳 9月、岡田刀水士が選者を務める上毛詩壇に「朝の庭」を投稿、月間賞に選ばれる。

1970（昭和45） 41歳 2月、「朝の庭」で第5回上毛文学賞（詩部門）を受賞。粕川村農協養豚協議会長となる（～1978年）。5月、柴田茂主宰の詩誌「越境」の創刊同人となる。豚を素材にした詩を書き始める。以後、「軌道」

「東国」「土偶」同人となる。8月、アメリカの養豚農業を視察し、報告書をまとめる。

1973（昭和48）44歳　6月、豚と自分を重ねた詩「生誕」を「軌道」に発表。

1975（昭和50）46歳　8月、粕川村農業委員となる（～1978年）。10月、第13回群馬県文学賞（詩部門）を「屠場休日」ほかで受賞。

1976（昭和51）47歳　11月、「豚語」を「軌道」に発表。

1978（昭和53）49歳　11月、粕川村歌人クラブ会誌「山ゆり」編集人となる（～1983年）。

1979（昭和54）50歳　11月、第1詩集『豚語』（おんばこ農場・私家版）を出版。12月、高崎市のクラシック喫茶「あすなろ」店主、崔華國から『豚語』を激賞する便りを受け、あすなろに10冊届ける。

1980（昭和55）51歳　10月、第3回岡田刀水士賞受賞。

1985（昭和60）56歳　3月、「秋日」（原題・「神様」）を「軌道」に発表。8月、「神サマの夜」を「東国」に発表。

1986（昭和61）57歳　1月、「神サマのこと」を「東国」に発表。11月、「桃の花」を「群馬年刊詩集」に発表。

1987（昭和62）58歳　1月　第2詩集『神サマの夜』（紙鳶社）を出版。

1988（昭和63）59歳　3月、『神サマの夜』

が第38回H氏賞に決まる。4月、『神サマの夜』第2刷（紙鳶社）を出版。6月、H氏賞贈呈式。9月、『豚語』新装版（紙鳶社）を出版。

1989（昭和64）　60歳　養豚をやめ、離農する。11月、現代詩人コレクション『赤い川まで』（沖積舎）を出版。

1991（平成3）　62歳　群馬詩人クラブ代表幹事となる（～1995年）。

1999（平成11）　70歳　11月、第3詩集『いろはにこんぺと　伊呂波児坤平唐』（紙鳶社）を出版。同月、季刊文化誌『上州風』（上毛新聞社発行）で連載「いろはにこんぺと」（木版画と散文）を開始（～2010年、32回）。

2001（平成13）　72歳　10月、「あすなろ忌」発起人会代表となる（～2005年）。

2002（平成14）　73歳　前橋文学館の第72回アートステージで「詩をかくということ」をテーマに小山和郎と対談。

2012（平成24）　83歳　第4詩集『ゑひもせす』（コピー・私家版）を出版。

2013（平成25）　84歳　6月、前橋市の広瀬川美術館で『いろはにこんぺと』真下章の仕事―詩・エッセイ・木版画―を開催。

2019（平成31）　2月13日、89歳で死去。

ゑひもせす

二〇二〇年二月十三日発行　初版一刷
定　価　本体一〇〇〇円＋税
著　者　真下　章
発行者　富沢　悟
発行所　榛名まほろば出版
〒三七〇-三五〇四
群馬県北群馬郡榛東村広馬場一〇六七-二
ＴＥＬ・ＦＡＸ　〇二七九-五五-〇六六五
http://harunamahoroba.art.coocan.jp/
振替口座　〇〇五四〇-五-八〇四七九
ISBN 978-4-907880-06-4
C0092　￥1000E
表紙カバー・表紙・扉・外箱デザイン
浅見　恵子
印刷所　上武印刷株式会社